Spiel, Satz & Sieg

Tennis
in alten Photographien

Herausgegeben von Melissa Müller

Einleitung von Erich Kästner
Nachbemerkung von Joseph Roth

Mit 59 Abbildungen
in duotone

Band 8
Reihe LichtBilder

Verlag Christian Brandstätter · Wien

Tennis (Abkürzung für engl. Lawn-T., spr. laon-, »Parkrasenspiel«, Netzballspiel), aus dem in Italien schon im frühesten Mittelalter gebräuchlichen Ballspiel (giuoco della corde) entwickelt, das in Frankreich vom 13. Jh. (als jeu de la courte paume) bis in die Zeit Ludwigs XIV. blühte, fand sich seit dem 14. Jh. auch in Deutschland, verschwand im Dreißigjährigen Krieg, kam im 14. Jh. nach England, wo sich aus dem bislang in gedeckten Räumen (Ballhäusern) geübten Spiel das *Rasenspiel*, Field-T., später Lawn-T., entwickelte. Das Spielfeld ist heute meist ein Tennenplatz, selten noch eine Rasenfläche. Zwei Parteien von je einer (*Einzelspiel*) oder zwei Personen (*Doppelspiel*; s. Tafel »Sport III«, 1) sind bestrebt, einen Ball über einem Netz in einem Spielplatz von 20×40 m unter Beobachtung bestimmter Regeln (seit den 1870er Jahren international) innerhalb des Spielfelds im Spiel zu erhalten, um durch die Fehler des Gegners zu gewinnen. Man verwendet Gummihohlbälle mit Stoffbezug; über den Schläger s. Rakett.

ERICH KÄSTNER
LOB DES TENNISSPIELS

Am Rande einer sonntäglichen Allee stauen sich die Spaziergänger und blicken, als stünden sie im Zoo, fasziniert durch die Maschen eines drei Meter hohen Drahtnetzes. Sie sehen roten Kies, weiße Kreidelinien, zwei pfleglich gekleidete, Pritschen schwingende Männer, einen Ball, den sie aus Leibeskräften malträtieren, und einen Jungen, der den Ball gelegentlich aufklaubt und einem der Männer zuwirft. Dann nimmt die seltsame Prozedur des Hin und Her ihren Fortgang. Die Sonne brennt. Es ist sehr still. Man hört nur die Pritschenschläge und mitunter kurze Zwischenrufe, die nach Algebra klingen. „Dreißig zu Fünfzehn!" „Vierzig zu Fünfzehn!" Die Männer laufen voneinander weg und aufeinander zu, als gelte es das Leben, schwingen ihre Saiteninstrumente, jagen den Ball aus einer Ecke in die andere, schütteln sich, unvermittelt, in der Platzmitte, an einem Netz aus Hanf, die Hand, strahlen, wenn auch erschöpft, übers ganze Gesicht und verlassen einträchtig das Drahtgehege, um sich, notgedrungen, dem Ernste des Daseins zu widmen.

Über den Spieltrieb des Menschen ist schon sehr viel geschrieben worden, und zwar von den jeweils klügsten Leuten. Immer wieder zerbricht man sich über diese unsere ebenso rätselhafte wie beglückende Neigung den Kopf. Wir stellen Regeln auf und tun, als ob sie bestünden. Um alles in der Welt, gibt es denn nicht schon genug Gesetze? Müssen wir noch neue dazuhexen? Wir müssen's wohl. Wir müssen uns ihnen freiwillig und spielend beugen, und so, als sei's im Ernst. Valéry hat gesagt, noch die Falschspieler unterwürfen sich den Regeln. Sonst könnten sie ja mit offenen Karten falschspielen, doch gerade das täten sie nicht. Die eigentlichen und einzigen Feinde und Verächter des Spiels seien die Spielverderber. Sie erkennten die Regeln nicht an und verneinten damit die Realität des Spiels überhaupt. Das Spiel ist ein Geschöpf der Menschen, und es lebt zur Freude seines Schöpfers in jenem märchenhaften Lande, wo „ernst" und „heiter" kein Gegensatz, sondern eines sind. Und das er nur spielend betreten kann.

Doch nun zurück von Schiller, Valéry und Huizinga zum Tennisplatz! Worin liegt der besondere Zauber des weißen Sportes? Tennis ist ein Duell auf Distanz, noch dazu das einzige Beispiel dieser Spezies. Insofern gleicht es, auf anderer Ebene, der Forderung auf Pistolen. Der wesentliche Unterschied besteht darin, daß man sich nicht abmüht, dahin zu schießen, wo der Gegner steht, sondern möglichst dorthin, wo er nicht steht. Außerdem, doch das zählt nur als Folge, ist Tennis ein höchst bewegliches Duell. Da der beste Schuß jener ist, der am weitesten danebentrifft, und

da der Gegner mit der gleichen Kugel und derselben Absicht zurückschießt, lautet der wichtigste Tennislehrsatz: Laufenkönnen ist die Hauptsache. Wer die unermüdliche Fähigkeit besitzt, rechtzeitig und in der richtigen Stellung „am Ball“ zu sein, wird auch den schlagstärksten Gegner besiegen. Wer je erlebt hat, wie ein Überathlet im Court von einem wieselgleichen Läufer herumgehetzt wurde und schließlich zusammenbrach, weiß das zur Genüge.
Die Skiläufer kämpfen gegen die Uhr. Die Schwimmer kämpfen nebeneinander. Die Stabhochspringer kämpfen nacheinander. Beim Fußball kämpft man in Rudeln. Die Boxer kämpfen Fuß bei Fuß. Nur die Tennisspieler duellieren sich auf Distanz. Und als einzige ohne zeitliche Regelgrenze! Theoretisch könnte ein Kampf zwölf Stunden und noch länger dauern, doch der Tennisspieler ist auch nur ein Mensch. Immerhin, vierstündige Duelle hat es schon gegeben. Und bis zur letzten Minute bleibt es ungewiß, wer Sieger sein wird.
Die entscheidenden Eigenschaften für ein solches Duell sind Kraft, Diplomatie, Konzentration, Schnelligkeit, Ökonomie, Präzision, Ahnungsvermögen, Witz, Ruhe, Selbstbeherrschung und Verstand. Man braucht sie alle, und sie entwickeln sich „spielend“. Und wer die eine oder andere Fähigkeit nicht besitzt, muß trachten, sie durch die zuletzt genannte, den Verstand, zu ersetzen. Da Prenn, einer der größten deutschen Spieler, schlecht zu Fuß war, hatte er sich „verdeckte“ Schläge angeeignet, die unberechenbar waren. Er holte zu einem Drive aus, der Gegner stürzte zur Grundlinie zurück, aber Prenns Ball fiel, müde wie eine ausgekeimte Kartoffel, gleich hinterm Netz und unerreichbar zu Boden.
Tennis ist nicht nur ein Sport, sondern auch eine Kunst. Und wie es Dichter gibt, die ihre besten Einfälle geistig hochprozentigen Getränken verdanken, soll es, wenn auch seltener, Tenniskünstler geben, deren Divination alkoholischen Ursprungs ist. Nachdem im Endspiel eines internationalen Turniers wieder einmal die bekannten Matadoren X. und Y. aufeinandergetroffen waren und X. wieder einmal gewonnen hatte, sagte Y.: „Zugegeben, daß du gewonnen hast, – aber mußtest du dich gestern nacht so betrinken, daß du im ersten Satz kaum geradestehen konntest?“ „Ich mußte“, antwortete X. „Wenn ich weniger trinke, sehe ich den Ball doppelt, und dann treffe ich, das ist eine klare Rechnung, den richtigen nur in fünfzig von hundert Fällen. Trinke ich aber gründlich, so sehe ich drei Bälle.“ „Und?“ „Dann schlage ich den in der Mitte!“

ROLLENSPIELE

Am 7. März des Jahres 1874 notierte das elitäre Londoner „Court Journal“: „Wie wir hören, kommt jetzt ein neues interessantes Spiel auf den Markt, das wahrscheinlich die Aufmerksamkeit einer Öffentlichkeit erregen wird, die vom Krocket genug hat und auf etwas Neues erpicht ist. Es wurde unter dem Namen ‚Sphairistike‘, die weibliche Form des griechischen Adjektivs sphairistikós, *‚zum Ballspiel gehörig‘, oder Rasentennis patentiert.“*
Während das Spieltempo der Damen vor der Wende zum 20. Jahrhundert noch von den Korsetts unter den üppigen Röcken, die bis auf den Rasen reichten, von den Spitzen und Schleifen und den opulenten Hüten beeinträchtigt wurde (links), stiegen im Lauf der Jahrzehnte (oben) mit den Rocksäumen auch Laufeinsatz und Spieltempo

GEMISCHTES DOPPEL

„Tennis ist ein Duell auf Distanz", sinnierte Erich Kästner im Vorwort des Buches „Tennis-Faszination". Räumliche Distanz, sagt man, sei förderlich für die Liebe: Sie fordere und schaffe Nähe. Warum ausgerechnet „love" – wörtlich schon immer nur mit „Liebe" zu übersetzen – beim Tennis allerdings „Null" bedeutet, hat jedoch bis heute kein Beziehungsberater klären können.

ÜBUNG MACHT NOCH LANGE KEINEN MEISTER

Kein Tag ohne einen Schlag, nahmen sich die ehrgeizigen Mädchen der zweiten Klasse an der Miss Crouch's School, Seaton Lodge, Sharesbrook, vor. Einmal nur eine Rückhand wie ihr großes Vorbild, die sechsfache Wimbledon-Gewinnerin Mrs. Helen Wills Moody, einmal nur ein gelungenes Service. Dafür nahmen manche sogar eine „Epicondylitis" in Kauf. Kein Wunder: Wer mit solchen „Speckbrettern", so heißen die Holzbrettschläger für Kinder und Anfänger bis heute, üben mußte, hatte den gemeinen – und ziemlich schmerzhaften – Tennisarm quasi gepachtet.

LAUTER ASSE

Das Geräusch des Holzschlägers mit den hartgespannten Darmsaiten war dumpf und bestimmt. Wenn ein/e Spieler/In ein As servierte und seinen/ihren Gegner durch die Saiten schauen ließ, übersah man auch großzügig, wenn die Haltung alles andere als ballettreif war. Ächzende Urschreie, wie sie heute beinahe schon zu jedem Match gehören und die selbst Tarzan vor Scham zum Erröten gebracht hätten, galten in den 30er Jahren jedoch geradezu als obszön.

INS WASSER GEFALLEN

Eine Ironie der Wettergötter, daß das Tennisspiel gerade vom Schnürlregenland England aus seinen Siegeszug nahm. Die Courts hatten sich – wie so häufig in diesen Breitengraden – bereits in eine poolähnliche Riesenpfütze verwandelt und hätten sich besser für einen Schwimm- als für einen Tenniswettkampf geeignet, als die Spielerinnen in Melbury, London, zur Meisterschaft antreten wollten (rechts). Einem Weltwunder – oder bloß einem verspäteten Aprilscherz? – gleich kam hingegen der Schnee Mitte April 1930 nur wenige Meilen nördlich von London (oben).

MILLIMETERGENAU

Dreisechzehntel Zoll, genau 4,7625 Millimeter, mißt damals wie heute jeder einzelne Grashalm auf den Tennisplätzen von Wimbledon – und fühlt sich an wie ein hochwertiger Perserteppich. Einzigartige Maßarbeit, erkannte auch Robert Musil: „O rührende Frühzeit, als man noch nicht wußte, daß auf kontinentalen Plätzen kein Gras gedeiht!", schrieb er. „Man behandelte es vergeblich mit der Sorgfalt eines Friseurs, der an einem an Haarausfall leidenden Kunden alle seine Mittel versucht. Aber man konnte auf solchen Grasplätzen bei Turnieren unerwartete Erfolge erzielen, wenn der Ball zufällig auf einen Maulwurfshügel fiel oder der Gegner über ein Grasbüschel."

GANZ IN WEISS

Die „All England Lawn Tennis Championships" – kurz und liebevoll Wimbledon genannt – gelten seit ihrem Gründungsjahr 1877 als die einzig wahre Meisterschaft im Tennis, sie zu gewinnen als Höhepunkt jeder Tenniskarriere. Die Kleidungsvorschrift, die für die wandelnden Litfaßsäulen heutzutage offiziell ebenso gelten soll wie für die kämpferischen Damen Anfang der 30er Jahre (im Bild), ist einfärbig, doch keineswegs eintönig: nur rein weiß durften die Spieler/Innen auf den Centre Court treten.

AKROBAT SCHÖÖÖN

Das Verflixte am Tennis? Das Publikum wünscht sich schöne lange Ballwechsel, doch die Spieler müssen versuchen, die Bälle so zu plazieren, daß der Gegner sie entweder gar nicht erwischt oder ins Out befördert. Beim Doppel mehr als beim Einzel wurde deutlich, warum es – trotz ernsthaftem Punktesammeln – Tennis-„spielen“ heißt. Publikumsliebling war jenes Duo, das die spektakulärsten Showeinlagen und halsbrecherischsten Luftsprünge vorführte, egal ob es schließlich gewann oder verlor.

BALLETTREIF

„Von meiner überzeugenden Tracht, den beflügelnden Schuhen an meinen Füßen begeistert – … jenen lautlosen, mit Gummi leicht besohlten Leinwandschuhen, die eine tänzerische Bewegung begünstigen –, machte ich mich anheischig, auf augenverblendende Weise meinen Mann zu stehen in einem Spiel, das ich zwar angeschaut und in mich genommen, in Wirklichkeit aber nie geübt hatte", schrieb Thomas Mann in seinen „Bekenntnissen des Hochstaplers Felix Krull". Auch die echten Profis wußten, was sie ihrem Publikum schuldig waren: Trotz des scharfen Tempos tanzten sie förmlich über den Platz – eine geniale Kombination aus Kraft, Routine und Anmut.

SCHIEDS- UND ANDERE RICHTER

Für Ballspiele scheint zu gelten: Je kleiner der Ball, desto mehr Schiedsrichter. Während Fußball mit einem Schiedsrichter und zwei Linienrichtern auskommt, wimmelt es beim Tennis geradezu von wichtig dreinschauenden Menschen, die die Zahl der gemachten Bälle, die Fehler und Outs notieren und aussprechen. Das endgültige Urteil fällt freilich der Umpire, die Linesmen müssen sich ihm fügen. Die erste Spielregel stellte übrigens Major Walter Clopton Wingfield, ein persönlicher Bekannter des Prinzen von Wales – des späteren Eduard VII. – im Jahre 1874 auf.

DEUTSCHLAND GEGEN ENGLAND

Während auf dem Rasen von Wimbledon der Engländer Fred Perry (Bild oben, 1935) den Deutschen Gottfried von Cramm mit vernichtender Leichtigkeit und einem Endstand von 6:1, 6:1 und 6:0 vom Platz fegte, setzte sich auf dem Hartplatz Deutschland durch: Die erste Runde im Davis Pokalspiel gegen England im Queens-Club, London-Kensington (1930) entschied Dr. Landmann (links) für sich. Allerdings erst nach einem harten Kampf 6:3, 8:6, 5:7, 4:6, 6:1 hieß es nach vier spannenden Stunden.

GENTLEMEN-SPORT

Wer hat mein Knie gesehen? Verhüllt bis auf die Waden traten die Champions in Wimbledon gegeneinander an. Konzentriert der Amerikaner Ellsworth Vines im Finale von 1933 (rechts), immer gut für einen stilvollen Gag der fesche Fred J. Perry (oben), der nicht nur als dreifacher Wimbledon-Gewinner (1934–1936), sondern auch als Fabrikant von Polohemden, die sich in informierten Kreisen schnell zum Kultleiberl mauserten, in die Geschichte des Tennissportes einging.

TOTALER EINSATZ

Die Deutschen nannten ihn „unseren Tennis-Gentleman". Bei seinem Wimbedon-Einsatz 1936 pfiff Gottfried von Cramm (rechts), der – annodazumal gab es ja noch keine millionenschweren Werbeverträge – in den millionenschweren amerikanischen Woolworth-Konzern einheiratete, auf seine „gentlemanlike" Zurückhaltung. Mit einem wagemutigen Bauchfleck entschied er den Satz für sich. Weniger erfolgreich allerdings der dreifache Wimbledonsieger Fred Perry (oben). Trotz gazellenhaft eingesprungenem Smash hatte er 1935 in Eastbourne keine Chance gegen den Australier Jack Crawford.

EIN LOB FÜR DEN LOB

Tennis ist Taktik. Die Australier Crawford und Quist (nicht im Bild) erspielten sich im Davispokal-Match gegen die Amerikaner Lott und Stoefen eine kleine Verschnaufpause, indem sie einen lockeren Slice-Lob in hohem Bogen über das Netz brachten. Stoefen (links) retournierte den Ball freilich problemlos. Schwierigkeiten hatte hingegen der Brite H.W. Austin (oben) beim Match gegen W. Allison (USA) 1935 – mit einem dreifachen Fehlflug: Der Schläger flog aus seiner Hand, der Ball in die falsche Richtung und Austin selbst auf den Rücken. Sprüche lassen sich eben leichter klopfen als gute Bälle.

GLÜCKS- UND PECHBÄLLE

Tennisspieler/Innen sind im allgemeinen höfliche, disziplinierte Sportsleute. Auf den Gipfel ihrer Höflichkeit treiben sie die sogenannten Netzroller. Das sind Glücksbälle oder Pechbälle, je nachdem von welcher Seite des Netzes man sie sieht. Wer im Spiel den Ball auf die Netzkante schlägt, erarbeitet sich mit mehr Glück als Können einen Punkt – und sagt höflicher Weise „Entschuldigung". Der/die andere gratuliert – wie hier Miss Dorothy Round ihrer Gegnerin Mrs. Helen Wills Moody zu deren sechstem Wimbledon-Sieg (oben) oder Mrs. Sperling der Siegerin Helen Jacobs (rechts) – als wär' Verlieren ein Vergnügen.

SHAKEHANDS

Ob mit einem gequälten Lächeln oder einem ehrlichen Zähneknirschen – erst mit dem Shakehands, dem Händeschütteln nach dem Wettkampf, ist das Match zu Ende. Ein beinahe schon selbstverständlicher Anblick Anfang der 30er Jahre (rechts): Gottfried von Cramm (Deutschland) und Fred Perry (Großbritannien) als Finalgegner. Eine Jahrhundertüberraschung hingegen im Juli 1930 (oben): Mit einem klaren Sieg über den Franzosen Jean Borotra feierte der damals 37jährige Amerikaner W.T. Tilden in Wimbledon ein sensationelles Comeback. Er trug seinen Sieg mit Fassung.

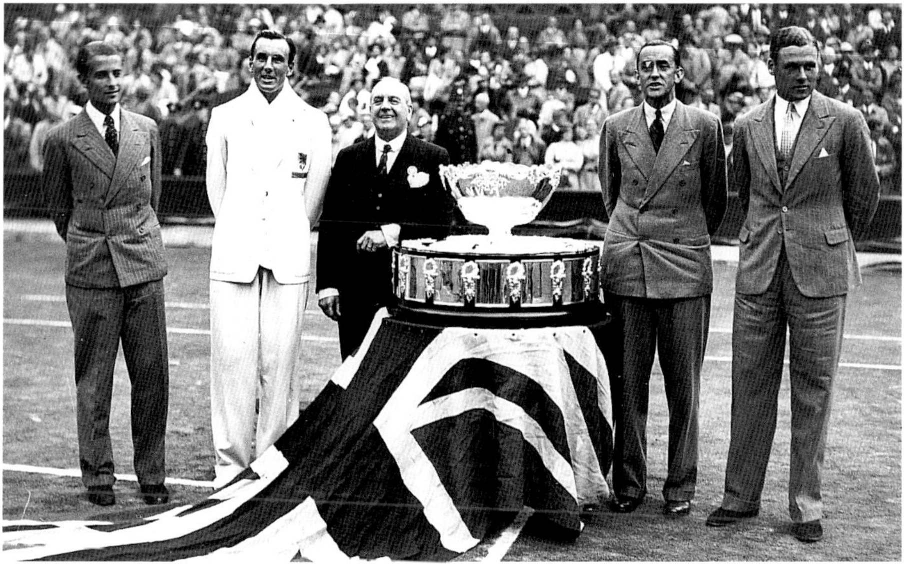

GAME, SET AND MATCH

„Spiel, Satz und Sieg" heißt es am Ende eines Duells. „Tough luck" – für die Verlierer ist der Auftritt vorbei, für die Gewinner beginnt er erst so richtig. Während es heute oft nur noch um die Preisgelder geht, spielten die Davispokal-Spieler im Jahre 1929 noch um Ruhm und Ehre – ihre persönliche und die ihrer Nation. An einer kräftigen Portion Nationalstolz bei der Siegerehrung war vor dem Naziregime und dem Zweiten Weltkrieg denn auch nichts Ehrenrühriges.

SIEGERPOSEN

Was so vielen Menschen das Tennis vermiest, ist die Tatsache, daß es nach jedem Match einen Sieger gibt, der fast immer auf der anderen Seite des Netzes steht als sie selbst. Dabei feiert man doch kein Fest so gerne wie das selbsterkämpfte. Strahlende Helden, wenn auch nur für einen Tag: die Amerikaner George Lott und John Hennessey (oben), nachdem sie amerikanische Meister im Herrendoppel wurden, Vincent Richards (links in der Mitte) als Meister der Professionals und der überglückliche Henri Cochet (nächste Seite, auf den Schultern seiner Fans) nach dem Davispokal-Endspiel gegen Fred Perry im Jahre 1931.

BITTE RECHT FREUNDLICH

Das Schönste an einem Sieg ist die Aussicht auf einen zweiten. So gewöhnt sich der strahlende Sieger auch an das Posieren für die Presse. Etwas steif und unbeholfen stellte sich die sonst so bewegliche und schlagkräftige Helen Jacobs (oben) nach ihrem Wimbledonsieg vor die Filmkamera. Artig wie Schulbuben vor dem Herrn Lehrer ließen die Herren Metjka und Bousos (links) den Ansturm der Pressephotographen über sich ergehen.

GLÜCKLICHE SPORTLERLIEBE

Der Tennisclub, so behaupten unsportliche Lästermäuler, sei ein Mittelding zwischen einem sehr vornehmen Sportverein, einem Eheanbahnungsinstitut und dem Ball der einsamen Herzen. Alles andere als einsam im August 1934 der damals 25jährige Fred Perry (oben), der kurz vor seiner Hochzeit mit der englischen Schauspielerin Marry Lawson stand. Bereits glücklich verheiratet war der Franzose Plaa (rechts), als er 1932 die Weltmeisterschaft der Tennislehrer für sich entschied und seiner Frau mit einem Freudenschrei in die Arme fiel.

GLÜCKSPILZE UND ANDERE VERLIERER

Es siegt, was man auch tut, nur das Glück, nicht die Kraft, wußte schon der griechische Lyriker Pindar. Die süße Marjorie Gladman (rechts) konnte sich ob ihrer Niederlage gegen die todernste Marion Williams bei den „Mexican National Championships" ein herzliches Lachen nicht verkneifen und bestätigte, was der Volksmund sagt: Wer Sieger ist, zeigt sich schließlich in der Niederlage. Ganz schön angespannt auch die dreifache Gewinnerin der Surrey-Hard-Courts-Meisterschaften, Miss Kay Stammers (oben): In feines Leopardenfell gehüllt wäre sie heute freilich die Buhfrau des internationalen Tennissports.

SPORT IST GESUND

„Ich dachte, wenn ich Tennis spiel,/ dabei passiert bestimmt nicht viel./ Ein Ball traf mich mit Schwung:/ Nur Gehirnerschütterung“, muß der Senorita Lizana (oben) der Vers des Kabarettisten Georg Kreisler wohl noch während ihres Sturzes durch den angeschlagenen Kopf geschossen sein – nur so läßt sich das Lächeln auf ihren Lippen erklären. Statt sich selbst zu Boden schmiß die chilenische Meisterin lieber ihr Racket in die Luft. Offensichtlich wollte sie als Erfinderin des freihändigen Smashs in die Tennisgeschichte eingehen.

K.-O.-SYSTEM

Die Spielregel des K.-O.-Systems nahmen manche Spieler/Innen allzu wörtlich. Für die Presse in den 30er Jahren ein willkommener Anlaß für machohaft besorgte Äußerungen: „Es ist ohne Frage wahr, daß bei ernsthaften Wettkämpfen weibliche Teilnehmer oft nervöser, haltloser und reizbarer werden als sie ohnehin sein würden", kommentierte man(n) die erschöpft wirkenden Wimbledon-Teilnehmerinnen Miss Fenwick und Miss Ridell (rechts). Beim Kollaps des deutschen Fräuleinwunders Aussem während ihres Wimbledon-Endspiels blieb jedoch sogar dem zynischsten Journalisten die Schadenfreude vor Schreck im Hals stecken.

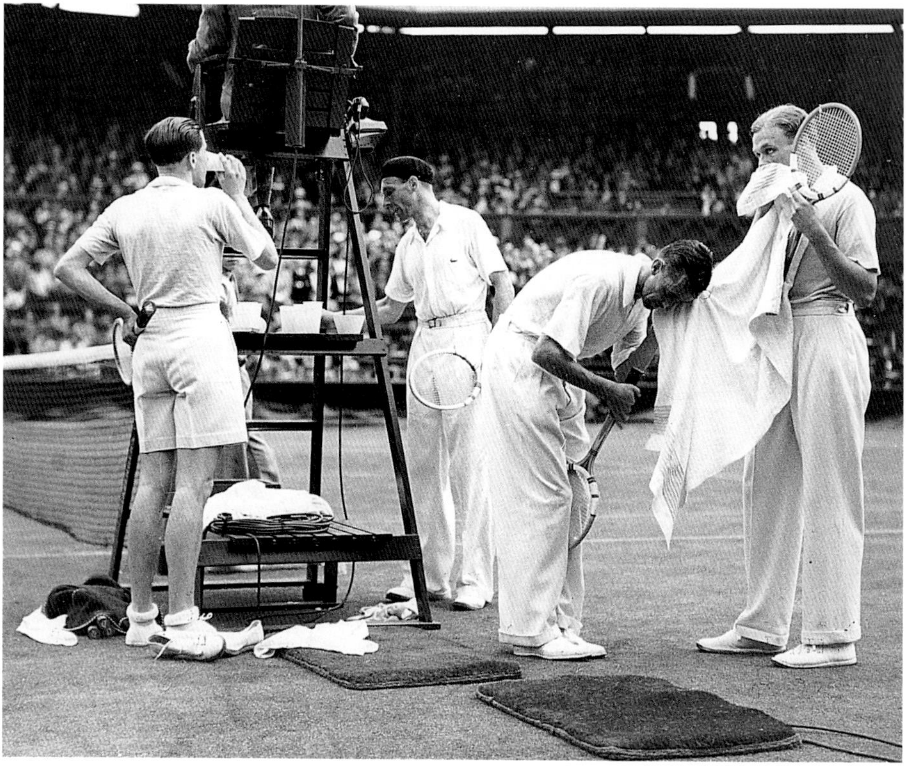

KROKODIL MIT ERDBEEREN

Während sich die Zuschauer durch pausenloses Hineinstopfen von Erdbeeren mit ungeschlagener Sahne – das Standardessen in Wimbledon – frisch hielten, mußten sich die Spieler in den Pausen mit lauwarmem, mit Honig gesüßtem und mit Kalium, Kochsalz und Zitrone versetztem Tee dopen. Das Tein fördert die Konzentration, Kochsalz und Kalium verhindern Magen- und Muskelkrämpfe. Vitamin C hält länger fit und vermindert den Muskelkater. Das wußten die Herren-Doppel-Spieler G.P. Hughes und C.R. Tuckey ebenso wie ihre Gegner aus Frankreich M. Bernard und J. Borotra, letzterer stets mit seiner Baskenmütze als Markenzeichen (oben). Der Trainer der französischen Nationalmannschaft, René Lacoste (rechts, mit Hut), einst selbst gefeierter Tennisstar, verpaßte seinen Schützlingen nicht nur den Powerdrink, sondern auch die Polohemden aus seiner Kollektion. Das Krokodil machte ihn schließlich noch berühmter als seine Trainerqualitäten.

WENIGER STOFF, MEHR SPASS

Die Erfindung des Tennisröckchens und die Entwicklung des elitären weißen Vergnügens zum Massensport gingen Hand in Hand. Als die Modeschöpfer den Rocksaum bis knapp an den Poansatz hochwandern ließen, drängten sich plötzlich Tausende von Amateurspielern in die Clubs, um einen Blick auf die niedlichen Rüschenunterhöschen der frivolen Sportskanonen zu ergattern. Viele der Schaulustigen spielten selbst kaum, sorgten allerdings für den Umsatz im Clubhaus: „Darf ich Sie zu einem Glas Champagner einladen, schönes Fräulein?"

WENN TENNIS ZU KOPFE STEIGT

„Aber wozu noch länger vom Geist des Sportsmanns reden, besteht doch das ganze Geheimnis darin, daß der Geist des Sports nicht aus der Ausübung, sondern aus dem Zusehen entstanden ist", witzelte Robert Musil. Den Geist der Tennismode prägten tatsächlich die Zuseher/Innen mehr als die Könner. Keine Dame ohne Hut war nicht nur bei Pferderennen, sondern auch bei Tennisturnieren ungeschriebenes Gesetz. Im Mittelpunkt eines Schauturniers 1938 stand freilich das Käppchen einer jungen Dame (oben), auf das vier Tennisschläger samt Bällen gestickt waren.

JOSEPH ROTH
DER TENNISMEISTER

Er allein kennt das merkwürdige Geheimnis, wie man auf eine elegante Art schwitzt. Ja, er adelt, könnte man sagen, den Schweiß (wie andere durch den Schweiß geadelt werden). In winzigen, kostbaren, beinahe gezählten Perlen, die keine Metaphern mehr sind, tritt er auf die gebräunte, edle, faltenlose Stirn des Tennisspielers. Auch das blütenweiße Hemd ist in der Gegend der Achselhöhle sichtlich durchnäßt, aber gleichsam von einer soignierten Feuchtigkeit. Edle Ausdünstung eines edlen Körpers, vergleichbar nur noch der eines rassigen Rosses!

Ganz in Weiß, auf flachen, leichten, fast geflügelten, absatzlosen Leinenschuhen, den Kragen offen, Hals und Brustansatz preisgegeben dem fächelnden Wind, barhäuptig und von einer Frisur geziert, die sich bei keiner Anstrengung verändert, obwohl sie aus Haaren gebildet ist, schwebend, hüpfend, tänzelnd und nur flüchtig rastend, den Schläger in der Hand, wie ein Schild, eine Waffe, ein gespanntes Netz und eine ovale Schwinge: gleicht der Tennisspieler einem riesigen Kohlweißling, der sich von Gummibällen nährt und auf Asphaltflächen gezüchtet wird. Verläßt er seinen heimatlichen Boden und geht mit müden Gelenken, mit flatternden Hosen durch die schattige Allee, dem erfrischenden Freibad entgegen, so hat er etwas von einem heiteren Selbstmörder, der sich aus purer, weißer, sonniger Sorglosigkeit ins Wasser stürzen will. An seiner Rückkehr könnte gezweifelt werden. Einen warmen, buntgewürfelten langen Schal hat er um den Hals geschlungen, leichtsinnig scheinbar, aber in Wirklichkeit aus berechneter Sorge um die Gesundheit. So schützt sich ein Halbgott vor Erkältung. Man hält's für eine Laune, aber es ist Ernst.

Alle Damen lieben den Tennismeister. Sie werfen ihm gerne ihre kleinen Bällchen zu, er fängt alle anmutig auf und wirft sie zurück, ein stetes Lächeln, wie eine süße Klammer zwischen den roten geöffneten Lippen, um das schimmernde Emailgitter der Zähne sichtbar zu lassen. Dieser Mund sollte essen können? Es scheint unmöglich! Ein Werkzeug des Lächelns ist er lediglich. Auch das Küssen dürfte ihm schwerfallen, weil es ein Schließen der Lippen voraussetzt. Ein Plaudern bringt er gelegentlich hervor, und auch das ist nur ein akustisches Lächeln. So stark ist es, daß es ansteckend wirkt wie ein Gähnen – – und selbst ich muß lächeln, wenn ich den Tennismeister sehe. Ja, ich lächle und schäme mich, möchte die Hand vor den Mund halten und mein Lächeln verbergen, wenn es üblich wäre, derartiges zu tun. Aber es ist erlaubt, in Gesellschaft zu lächeln – und täte man es auch so schamlos wie ich. Neben dem Tennismeister sehe ich aus wie eine Karikatur. Man scheint es bereits bemerkt zu haben.

IMPRESSUM

Die Deutsche Bibliothek – CIP-Einheitsaufnahme
Spiel, Satz & Sieg: Tennis in alten Photographien
Melissa Müller (Hg.). – 1. Aufl. – Wien : Brandstätter, 1995
(LichtBilder)
ISBN 3-85447-614-0
NE: Müller, Melissa [Hrsg.]

1. Auflage 1995

Der Entwurf des Schutzumschlages und die graphische Gestaltung des Werkes stammen von Christian Brandstätter. Die Gesamtherstellung des Werkes erfolgte durch das Druckhaus Grasl, Bad Vöslau.

Wir danken dem Atrium Verlag, Zürich, für die Abdruckgenehmigung für Erich Kästner, Lob des Tennisspiels (aus: Erich Kästner, Gesammelte Schriften für Erwachsene, Zürich 1969, © Copyright by Erich Kästner Erben, München) und dem Verlag Kiepenheuer & Witsch, Köln, für Joseph Roth, Der Tennismeister (aus: Joseph Roth, Werke III, Das journalistische Werk 1929–1939, © 1991 by Verlag Kiepenheuer & Witsch Köln u. Verlag Allert de Lange Amsterdam).

Die Reproduktionsvorlagen für die Abbildungen stammen aus Privatsammlungen und Bildagenturbeständen der 20er und 30er Jahre.
Folgende Reproduktionen erfolgen mit freundlicher Genehmigung von:
Lothar Rübelt/Austrian Archives, Wien (Seite 15, 22, 23, 24); Historisches Bildarchiv Dr. Paul Wolff & Tritschler, Offenburg (Seite 14, 27, 61).

ISBN 3-85447-614-0
Christian Brandstätter Verlagsgesellschaft m. b. H.
A-1080 Wien, Wickenburggasse 26, Telephon +43-1 - 408 38 14